MARVEL

DOCTOR STRANGE

MARVEL
marvelkids.com

Ce roman a paru en 2016 chez Little, Brown and Company
sous le titre *Doctor Strange, the Junior Novel.*

Édité par Hachette Livre.

Traduction : Blandine Longre
Création graphique : Claire Besset

Hachette Livre, 58, rue Jean-Bleuzen, 92178 Vanves Cedex.

MARVEL

DOCTOR STRANGE

hachette
JEUNESSE

Docteur Strange

Le docteur Stephen Strange est un brillant chirurgien. Mais bien qu'il sauve de nombreuses vies chaque jour, il est bien plus intéressé par la richesse et la reconnaissance que par le bien-être de ses patients. Il est au sommet de sa gloire lorsqu'il est victime d'un terrible accident de voiture qui changera sa destinée à jamais...

L'Ancien

Personne ne connaît réellement l'âge de l'Ancien, mais une chose est sûre, ses enseignements mystiques ont été transmis à plusieurs générations de disciples. Ce savoir sacré sert à guérir les personnes qui en ont besoin, comme Stephen Strange, mais aussi à défendre la Terre contre un mal impénétrable qui sévit dans des univers parallèles, bien au-delà de notre compréhension.

Mordo

Comme Stephen Strange, Mordo est arrivé à Kamar-Taj perdu et désespéré. L'Ancien lui a alors montré le chemin vers la lumière et Mordo est devenu l'un de ses disciples. Il a été le premier à voir tout le potentiel de Stephen Strange dans la maîtrise des arts mystiques et l'a pris sous son aile alors que le chirurgien ne pensait qu'à sa seule guérison.

Kaecilius

Comme beaucoup d'étudiants à Kamar-Taj, Kaecilius est venu pour percer les mystères du Multivers. Un jour, il découvre l'existence de pouvoirs plus sombres. Persuadé qu'ils sont la réponse à la souffrance de toute l'humanité, Kaecilius tourne le dos à l'Ancien pour utiliser chaque outil malveillant à sa disposition, quitte à détruire l'existence telle que nous la connaissons.

CHAPITRE 1

Fin

COMMENT SUIS-JE ARRIVÉ ICI ?

Chacun de nous s'est déjà posé cette question un jour ou l'autre. D'habitude, elle concerne les décisions que l'on prend et les événements qui nous y ont conduits à un moment déterminant de notre vie. C'est une question presque métaphysique – comment se fait-il que nous soyons parfois dans un endroit précis, à un instant donné ? On pourrait même la remplacer par : *pour quelle raison suis-je ici ?*

Mais ce n'est pas ce qui se passe dans l'esprit de Stephen Strange quand il se la pose. Ce qu'il veut réellement savoir, c'est par quel miracle il est arrivé à Greenwich Village.

En effet, une seconde plus tôt, il se trouvait encore dans l'ancienne bibliothèque d'un lieu tout aussi ancien appelé Kamar-Taj, en compagnie des disciples Wong et Mordo.

Strange prend une profonde inspiration et regarde autour de lui : pas d'erreur, il est bel et bien dans le quartier de Greenwich Village, à New York, la ville qui ne dort jamais. Et plus exactement dans Bleecker Street, dont il reconnaît sans mal les cafés et les immeubles de pierre rouge, car il a déjà vécu ici.

C'était avant Kamar-Taj.

Avant l'accident.

– Vous avez l'intention de rester ici toute la journée ?

Stephen Strange fait volte-face et se retrouve devant un vieux monsieur appuyé sur une canne. Réalisant qu'il est planté au milieu du trottoir, il s'empresse de s'écarter.

– Désolé, s'excuse-t-il. J'étais un peu perdu.

– Ne vous inquiétez pas, ça m'arrive tout le temps, réplique le vieillard. Bonne chance pour votre spectacle de cirque ! ajoute-t-il en s'éloignant d'un pas traînant.

De cirque ? s'étonne Strange. Il se rappelle alors qu'il est vêtu de la longue robe bleue et flottante qu'il portait à Kamar-Taj. C'est l'habit réservé aux disciples de l'Ancien. Il doit bien reconnaître qu'il n'a pas la même allure que les autres passants, qui l'observent d'un air intrigué.

Stephen se retourne pour contempler un bâtiment de deux étages. Il lève les yeux vers une large fenêtre arrondie et reconnaît aussitôt l'étrange motif aux lignes incurvées qui est représenté sur la vitre : le symbole du Sanctum Sanctorum.

Strange se précipite vers la maison, gravit d'un bond les marches du perron, ouvre la porte et s'engouffre à l'intérieur.

CHAPITRE 2

Une vie de rêve

Pour le docteur Stephen Strange, qui est en train de se laver les mains et les avant-bras dans la salle d'un bloc opératoire de l'hôpital de New York, aujourd'hui est un jour comme les autres. C'est un jour d'opération.

Il enfile une paire de gants en latex et fait claquer l'élastique sur son poignet droit. *Clac !* Ce bruit lui arrache un sourire. Il regarde son reflet dans le miroir placé au-dessus du lavabo. Qu'est-ce qui l'a conduit dans cet endroit ? À ce moment précis ? Un travail acharné et beaucoup de talent.

Strange observe ses tempes grisonnantes. Et de l'expérience.

Allons-y, songe-t-il.

La bouche et le nez dissimulés sous un masque chirurgical, Strange entre d'un pas décidé dans la salle d'opération.

– Docteur Bruner, dit-il, saluant le médecin anesthésiste.

Penchée au-dessus d'une table, celle-ci est en train de surveiller l'état du patient auquel elle vient d'administrer une dose d'anesthésiant.

– Bonjour, Stephen, répond-elle.

– Vous essayez de flirter avec moi, docteur Bruner ? demande Strange en souriant sous son masque.

– Ne l'encouragez pas, Bruner, intervient le docteur Varma, tout juste entré à son tour. Il est déjà assez imbu de lui-même !

– Vous me vexez, Varma ! réplique Strange avec amusement.

Exaspérés, Varma et Bruner lèvent les yeux au ciel. Est-ce qu'ils apprécient Strange ? Certainement. Celui-ci est-il prétentieux ? Assurément.

Il est temps de se mettre au travail. Stephen se sert de ses doigts habilement, délicatement. Comme un pianiste.

Après avoir perforé le crâne du malade, Varma et Strange font glisser un endoscope dans le trou. Grâce à la caméra fixée à l'appareil, Strange découvre un monde nouveau : le cerveau du patient. Au bout d'un moment, il trouve ce qu'il cherchait.

– Voici notre « amie » la tumeur, annonce-t-il. À moi de lui faire comprendre qu'elle n'est pas la bienvenue !

Au moyen d'un instrument très tranchant équipé d'une sonde laser, Stephen s'attaque à la tumeur cancéreuse avec une incroyable précision.

– Et voici comment on sauve une vie en deux temps trois mouvements ! déclare-t-il.

Il lève les yeux vers une vitre qui donne sur la salle d'opération. Derrière celle-ci, un groupe d'étudiants en médecine a assisté avec stupéfaction au miracle accompli par les trois médecins. Les jeunes gens enthousiastes les applaudissent, comme s'ils avaient assisté à un tour de magie inexplicable.

Alors que Strange s'incline légèrement en direction de ses admirateurs, la porte de la salle s'ouvre brusquement : le docteur Christine Palmer se tient sur le seuil, sa blouse maculée de sang, et fait signe à Strange d'approcher.

– Allez-y, Stephen, ça a l'air urgent, dit Varma. Je terminerai cette opération pour vous.

Strange rejoint aussitôt Christine.

– Que se passe-t-il ? demande-t-il.

– Une blessure par balle, répond Christine Palmer.

Les deux médecins remontent un couloir en échangeant des informations techniques sur ce cas difficile. Christine tend une tablette tactile à Strange, qui fait défiler le dossier médical à l'aide de son index.

– Vous avez réussi à garder ce patient en vie, je n'en reviens pas, murmure-t-il.

Il observe une radiographie et fronce les sourcils.

– Je crois que j'ai trouvé où est le problème, docteur Palmer : vous avez laissé une balle dans son cerveau.

– Oui, je sais bien, acquiesce Christine. Et comme elle comprime le bulbe rachidien, j'ai besoin d'un spécialiste. Mais Nic a déjà diagnostiqué une mort cérébrale.

– Quoi ?! s'exclame Strange.

Nic (de son nom complet docteur Nicodemus West) est un chirurgien que Strange n'apprécie pas beaucoup. Il consulte de nouveau le dossier médical du patient, puis scrute une image IRM. Quelque chose ne va pas. Stephen Strange croise alors le regard inquiet de Christine Palmer.

Sans attendre, les deux médecins se mettent à courir à toute allure.

Comme d'habitude, la panique règne dans la salle des urgences de l'hôpital, et ce n'est qu'au bout de quelques minutes que Strange et Palmer parviennent à rejoindre le patient victime d'une blessure par balle. Nic West est penché au-dessus de son lit. Le chirurgien aux cheveux bruns affiche une mine préoccupée tandis qu'il s'apprête à intervenir sur le patient avec l'aide des assistants qui se tiennent près de lui.

– Que l'on prépare la salle de traumatologie, je vais y pratiquer une craniectomie ! annonce Strange, essoufflé.

– Que faites-vous ? demande Christine, étonnée, à West.

– Nous allons procéder au prélèvement des organes, réplique froidement le chirurgien. Ce patient est maintenant un donneur.

– Je n'ai pas donné mon accord ! proteste Christine.

West soupire.

– Nous nous sommes passés de votre autorisation, étant donné que nous avons déjà déclaré la mort cérébrale.

Sans un mot, Strange se faufile entre les médecins et le patient. Il sait que Nic West se trompe, comme toujours, et il a la ferme intention d'extraire la balle restée logée dans le cerveau du blessé.

– Ce qu'il lui faut, c'est une craniectomie sous-occipitale, ordonne-t-il.

West regarde Strange comme si celui-ci avait complètement perdu la raison.

– Je suis le chirurgien de garde et je vous interdis d'opérer un homme déjà mort !

Strange place la tablette tactile devant le visage de Nic et lui montre la radiographie du crâne qu'il a étudiée.

– Que voyez-vous ?

– Une balle, répond West d'une voix fatiguée.

– Oui, une balle en parfait état alors qu'elle a perforé l'os, ajoute Strange. Elle devrait être déformée, mais ce n'est pas le cas.

Nic le fixe d'un air déconcerté.

– Cela signifie qu'elle a été durcie, continue Stephen. Probablement avec de l'antimoine, un métal toxique. Et lorsque cette substance se répand dans le liquide cérébro-spinal…

Une lueur de compréhension apparaît dans les yeux de West, qui termine sa phrase :

– … elle provoque l'arrêt du système nerveux central.

– Ce patient n'est pas mort, il est mourant, conclut Strange en adressant un petit sourire à Nic. Vous voulez toujours prélever ses organes ?

À ces mots, Strange quitte la pièce et se dirige vers la salle d'opération, tandis que l'on pousse derrière lui le lit à roulettes du blessé.

Christine Palmer et Stephen Strange viennent de quitter la famille du patient. L'opération a réussi : Strange a extrait la balle et l'homme est en voie de guérison.

– Voilà une bonne chose de faite, déclare Christine. Mais ce qui vous a surtout plu, c'est d'humilier Nic West devant ses confrères, je le sais. Et vous n'étiez pas obligé d'agir de la sorte.

– Je n'étais pas non plus obligé de sauver son patient, réplique Strange.

Les deux médecins, épuisés, longent un couloir de l'hôpital. Strange tend ses doigts devant lui et les remue lentement, comme s'il essayait de saisir des grains de sable.

– Si vous étiez mon chirurgien de garde, ça changerait tout, reprend Christine.

– Je répare des moelles épinières sectionnées et je stimule la neurogenèse dans le système nerveux central. Les techniques que je développe sauveront des milliers de vies dans les années à venir. Aux urgences, qui sauvez-vous ? Un patient de temps en temps ?

– Vous avez raison, reconnaît-elle, un peu découragée. Aux urgences, nous nous contentons de sauver des vies ordinaires. Ça ne nous apporte pas la célébrité, et les chaînes de télévision ne viennent pas nous interviewer.

Ce n'est pas la première fois qu'ils ont cette conversation. Pourtant, ils ne parviennent jamais à tomber d'accord : Christine aimerait que Strange mette ses dons au service des patients, alors que lui préfère les utiliser… comme bon lui semble.

– Que faites-vous, ce soir ? demande Strange, cherchant à changer de sujet. Je dois donner une conférence à la Société de neurologie. Vous voulez m'y accompagner ?

– Encore une conférence ? répond Christine en souriant. Et vous trouvez ça romantique ? Non, merci.

– Ça vous amusait de venir avec moi, avant, se souvient Strange, mélancolique.

– Non, ça *vous* amusait que je vienne avec *vous*, rétorque Christine.

Sur ce, elle tourne les talons et part dans la direction opposée, laissant Stephen seul avec ses pensées.

CHAPITRE 3

L'accident

En entrant dans le large vestibule du Sanctum Sanctorum, Stephen Strange remarque l'étrange silence qui règne sur les lieux : un silence absolu qui lui donne l'impression d'être figé dans le temps, comme s'il venait de pénétrer à l'intérieur d'un tableau. Il est le seul à être en mouvement. À produire des sons. Il n'a jamais ressenti une chose pareille.

Le hall mène à un important escalier. Strange grimpe rapidement les marches, seulement conscient du bruit de ses pas et de sa respiration. Une fois à l'étage, il se retrouve dans une grande pièce circulaire – une rotonde. Là, sur un mur, il découvre trois immenses peintures… Non, ce ne sont pas des peintures, mais des fenêtres panoramiques.

La première surplombe une forêt enveloppée de brume, qui s'étend à perte de vue. La deuxième offre la vision spectaculaire d'un océan agité par une tempête. La troisième donne sur des montagnes couronnées de neige.

Je me demande combien coûterait un appartement new-yorkais avec des vues pareilles, songe Strange en laissant échapper un petit rire.

Plein de curiosité, il ouvre la fenêtre du milieu. Pour la première fois depuis son arrivée dans le Sanctum, il entend un bruit qui vient de l'extérieur : celui des vagues et du vent qui souffle au-dessus de l'océan. Il sent des gouttelettes d'écume salée asperger son visage. *Ce n'est pas une illusion*, comprend-il alors. La fenêtre donne *réellement* sur un océan…

– Des portails, murmure Strange. Et chacun conduit vers un lieu différent.

Sur le montant de la fenêtre, il remarque un panneau de commandes. Il tourne un cadran :

immédiatement, le paysage marin est remplacé par un vaste désert aride.

Strange est à peine étonné. Il a maintenant l'habitude des surprises.

Depuis l'accident.

Depuis son séjour à Kamar-Taj.

Depuis qu'il a rencontré l'Ancien.

Il s'éloigne des mystérieux portails et poursuit son exploration du Sanctum. À droite de la Rotonde, au bout d'un couloir, il découvre une autre salle aux parois sombres. On dirait un vieux musée ou une ancienne bibliothèque. Pourtant, quelque chose de moderne émane de ces lieux.

Tels des vestiges des siècles passés, des objets d'art sont alignés le long des murs : des épées, des dagues et des casques. Des amulettes de toutes les formes. Des calices et des chaudrons de différentes tailles.

– La Chambre des Reliques, comprend Strange.

Perdu dans ses pensées, il sent son esprit s'emballer. *Comment suis-je arrivé ici ?*

Tout à coup, un bruit retentit. Il vient de l'extérieur du Sanctum.

On sonne à la porte.

Ce tintement ramène Strange à la réalité et aux moments qui ont précédé sa soudaine apparition sur un trottoir de Bleecker Street.

– Kaecilius, chuchote-t-il.

Si je t'aime ? Seul le temps nous le dira.

Ces mots sont gravés au dos de la montre de Stephen Strange. Il jette un coup d'œil aux aiguilles, puis à ses mains délicates de chirurgien, qui serrent le volant de cuir noir de sa voiture de sport. Celle-ci se dirige vers le nord de la ville, roulant à vive allure le long de la West Side Highway, une avenue du quartier de Manhattan, et se faufile avec agilité dans la circulation.

Par le passé, Christine l'accompagnait à ce genre d'événements. Sans elle, la conférence de la Société de neurologie va être terriblement ennuyeuse. Pourquoi repousse-t-il sans cesse Christine ? Pourquoi repousse-t-il sans cesse *tout le monde* ?

Mal à l'aise dans son smoking, Strange réajuste son nœud papillon noir. Il allume la radio. La musique rompt le silence. Mais ce n'est pas ce qu'il a envie d'entendre.

– Non, non, et non, marmonne-t-il en passant d'une station à une autre.

Pour finir, les notes d'une guitare électrique, déformées par un ampli, arrivent à ses oreilles : c'est le début d'une chanson rock bien connue. Satisfait, Strange appuie sur l'accélérateur : la voiture fonce sur Henry Hudson Parkway, un large boulevard, avant de bifurquer vers le pont George Washington.

La nuit tombe et Strange est toujours en route pour la Société de neurologie. À présent, sa voiture de sport file sur une route de montagne isolée qui longe une falaise abrupte, loin de la ville de New York. Tout en admirant le paysage, Stephen continue de conduire aussi vite que son véhicule le permet.

Il essaie de chasser les idées qui envahissent son esprit avec une autre chanson, en vain. Il n'arrête pas de penser à Christine.

– Seul le temps nous le di..., commence Strange.

La sonnerie de son téléphone l'interrompt. Il baisse le volume de l'autoradio, puis ses doigts pianotent sur un bouton pour activer le mode mains libres.

– Je vous écoute, dit-il à voix haute.

– Un colonel de la marine âgé de trente-cinq ans, paralysé, annonce Claire, l'assistante du chirurgien. Sa colonne lombaire a été compressée alors qu'il essayait une armure expérimentale.

– Je pourrais l'aider, mais je connais une cinquantaine d'autres chirurgiens qui s'en chargeront à ma place ! réplique Strange en soupirant. Enfin, Claire, ne me faites pas perdre mon temps et proposez-moi des cas médicaux dignes de moi !

C'est au tour de l'assistante de soupirer.

Dans l'habitacle, la chanson s'achève, et

Strange reporte son attention sur le poste de radio afin d'en trouver une autre. Au même instant, il aperçoit devant lui une voiture qui roule beaucoup plus lentement que la sienne. S'apprêtant à la dépasser, il appuie sur l'accélérateur quand, soudain, un autre véhicule arrive en sens inverse. Stephen est alors obligé de freiner et de se déporter pour éviter la collision…

C'était moins une ! Une seconde de plus et il aurait probablement eu besoin d'un médecin. Ironique, non ?

– Une femme de vingt et un ans frappée par la foudre, reprend Claire. Elle possède un implant cérébral permettant de contrôler sa schizophrénie.

– Envoyez-moi son…

Ding !

Un texto et une image IRM s'affichent sur l'écran du téléphone de Strange. Claire, qui connaît bien son employeur, sait qu'il faut lui transmettre un dossier médical à peine il le lui a ordonné.

Dehors, il commence à pleuvoir. Tout en conduisant, en cherchant une station de radio, en parlant et en consultant son téléphone, le docteur met ses essuie-glaces en marche.

– Bon, je vois… marmonne-t-il en observant l'image IRM. La décharge électrique a endommagé le cerveau autour de…

La voiture qui roule devant lui semble aller plus lentement encore que tout à l'heure.

Et pourquoi est-il impossible de trouver une bonne chanson à la radio ?

Plic, ploc, plic, fait la pluie sur le pare-brise.

– L'implant cérébral est-il resté opérationnel ? demande Strange à son assistante.

Pendant ce temps, il essaie de doubler le véhicule qui le précède : il tourne le volant, passe sur la voie de gauche et, le pied enfoncé sur la pédale de l'accélérateur, fonce droit devant. Les sons se mélangent dans son esprit – la voix de Claire, la radio, la pluie, les pneus sur le goudron mouillé… Alors que Strange se rabat sur la droite, il entend un autre bruit.

Un bruit métallique.

Stephen perd le contrôle de sa voiture de sport : elle dérape, percute un panneau de signalisation, pivote sur elle-même, puis traverse la barrière de sécurité et quitte la route de montagne, plongeant dans le vide.

CHAPITRE 4

L'intervention

Le bruit de la sonnette résonne aux oreilles de Stephen Strange. *Seul le temps nous le dira*, pense-t-il en sortant précipitamment de la Chambre des Reliques. Il traverse la Rotonde et s'immobilise en haut de l'escalier.

Il n'est pas chez lui dans cette maison, le Sanctum Sanctorum. Pourtant, il se souvient y avoir accueilli des invités qui, il le sait, ne sont pas les bienvenus. Et ces visiteurs ne seront pas aussi faciles à déloger qu'une tumeur cérébrale.

– Kaecilius, murmure-t-il de nouveau.

La sonnerie retentit toujours à travers le bâtiment. C'est alors que Strange, de son regard aiguisé, remarque un mouvement à peine perceptible : la porte d'entrée du Sanctum paraît frémir, puis enfler légèrement vers l'intérieur. Un peu comme du beurre fondu.

Soudain, trois silhouettes vêtues de robes flottantes contournent la porte et surgissent dans le vestibule. Un phénomène inexplicable. Mais Strange est maintenant habitué à l'inexplicable.

Il reconnaît aussitôt ces robes. Elles sont semblables à la sienne et à celles que portent tous les disciples qui vivent à Kamar-Taj.

L'une des personnes est dotée d'une musculature incroyable. Il y a aussi une femme blonde, un sourire cruel aux lèvres. Les yeux marron du troisième individu se posent sur Strange.

Kaecilius.

Après un moment qui semble durer une éternité, cet homme prend la parole :

– Depuis quand êtes-vous à Kamar-Taj, monsieur… ?

– Docteur, répond Strange, d'instinct.

Kaecilius incline la tête sur le côté.

– Monsieur *Docteur* ? dit-il, étonné.

– Non, je m'appelle Stephen Strange.

– Je vois…

D'un simple coup d'œil, il ordonne à ses compagnons d'attaquer.

Pour Strange, tout est confus.

Tout est confus.

Tout. Depuis l'instant où sa voiture de sport a percuté l'autre véhicule et dérapé sur la route mouillée, jusqu'à celui où elle a traversé la barrière de sécurité et basculé du haut de la falaise. Tandis qu'elle dégringole dans le vide, son conducteur, pris de vertige, est secoué dans tous les sens.

Emportée par son élan, la voiture chute le long de la pente et entre en collision avec une autre clôture. Même si Strange est en train de vivre cet instant, il a l'impression d'assister à un événement qui est déjà survenu. Chaque moment est comme une image figée qui se grave dans son esprit.

Dans l'obscurité, un poteau de métal détruit le pare-brise, pulvérisant la vitre. Puis la voiture atterrit enfin dans la rivière. Les eaux sombres s'engouffrent à l'intérieur.

Strange voit l'eau recouvrir ses jambes.

Il y a du sang partout.

Il ne sent plus ses mains. Où sont-elles ?

Il a l'esprit confus.

Seul le temps nous le dira…

L'eau glacée.

Mes mains ?

Les ténèbres.

Pareilles à des ombres, les trois silhouettes traversent le vestibule du Sanctum Sanctorum. Avant que Stephen Strange ne puisse réagir, deux d'entre elles se précipitent dans l'escalier pour le rejoindre. Tout arrive si vite que Strange a juste le temps de voir que ses attaquants ne grimpent pas les marches, mais qu'ils se déplacent… le long des murs.

Les choses se compliquent, pense-t-il.

Il agite lentement ses mains devant lui. Comme surgi de nulle part, un filament d'énergie crépitante apparaît. Tel un fouet lumineux, Stephen le saisit dans son poing et le dirige vers l'adversaire le plus proche. Dès que l'objet s'enroule autour des jambes de la femme, l'air se met à grésiller.

Ce n'est pas une simple femme, se souvient Strange. *C'est une zealot.* Wong et Mordo lui ont parlé de Kaecilius et des zealots, des disciples de l'Ancien qui se sont rebellés contre les enseignements de Kamar-Taj. Ceux-ci sont en quête de l'immortalité. Ils refusent de croire que la vie est précieuse et qu'il faut la protéger à n'importe quel prix.

Non sans effort, Strange tire sur le fouet lumineux et projette la zealot au loin. Puis, toujours au moyen de son fouet, il attrape un vase et le lance sur l'homme le plus musclé : celui-ci est étourdi par le choc, mais reste debout.

Si je veux l'emporter, il va falloir que je me débrouille un peu mieux.

Comme s'il lisait dans ses pensées, Kaecilius affiche un sourire moqueur et, d'un geste, propulse des éclats d'énergie en direction de Strange. Sans réfléchir, celui-ci s'enveloppe dans le fouet lumineux, qui repousse les éclairs magiques de son ennemi. Une tactique efficace.

J'ai simplement eu de la chance, se dit Strange.

Pendant ce temps, Kaecilius s'approche rapidement de l'escalier. Sans perdre un instant, Strange s'éloigne en courant à travers un couloir. Il a besoin de temps pour échafauder un plan. Il continue de remonter le corridor en direction d'une porte… avant de se rendre compte que celle-ci semble s'éloigner de plus en plus.

Soudain, il sent le plancher onduler sous ses pieds. *Comment est-ce possible* ?

Complètement désorienté, Stephen Strange essaie de se concentrer sur son objectif : la porte au bout du couloir. Mais plus il court, plus celle-ci recule, et plus le sol bouge sous lui. Il a l'impression d'être dans le palais du rire d'une fête foraine… Pourtant, la situation n'a rien d'amusant.

Tout à coup, un rire fuse.

– C'est très drôle, affirme Kaecilius, comme si, encore une fois, il avait lu dans les pensées de Strange.

Ce dernier comprend alors que son ennemi se sert de ses pouvoirs pour manipuler et déformer la réalité. Il aurait dû le deviner.

– Une erreur de débutant, marmonne-t-il.

Inspirant profondément, il se recentre, tel qu'on le lui a enseigné à Kamar-Taj : il contrôle de nouveau sa propre réalité.

Il se tourne pour affronter son ennemi, et ses doigts remuent presque imperceptiblement, formant des motifs précis devant lui. Des halos d'énergie crépitent autour de ses paumes et créent des boucliers.

– Fini de jouer, il est temps de passer aux

choses sérieuses, annonce-t-il à Kaecilius.

C'est alors que l'un des boucliers énergétiques de Strange se met à clignoter, puis se volatilise.

L'obscurité enveloppe Strange. Le silence est total. Il ressent un grand vide, comme si toute vie avait soudain disparu.

Dans le lointain, il aperçoit un minuscule point lumineux qui s'élargit peu à peu. La lueur s'intensifie. Stephen entend des éclats de voix.

Où est-il ? Dans quelle temporalité est-il ? Se trouvait-il dans sa voiture, quelques instants plus tôt ? Oui, il était au volant. Il faisait sombre. Il pleuvait. Il ne se souvient plus du reste.

Le temps paraît ralentir.

– Stephen ?

Strange ouvre brusquement les yeux et le temps reprend son rythme habituel. Malgré les lumières vives, tout lui semble flou. Des gens s'activent autour de lui. Des bruits de machines. Des appareils médicaux.

Il est à l'hôpital.

– Vous avez eu un accident.

C'est lui, Strange, le patient.

Plissant les yeux, il voit Christine penchée au-dessus de lui. Elle le scrute d'un air préoccupé.

– Votre état s'est stabilisé, annonce-t-elle d'une voix tremblante d'inquiétude. Vous allez être opéré.

Une opération ? Pour quoi faire ? a envie de hurler Stephen. Mais le masque à oxygène plaqué sur son visage ne lui permet pas de se faire comprendre.

– Nic s'occupera bien de vous.

Strange remarque alors le docteur West, près de son lit, qui lui sourit.

Stephen écarquille les yeux. *N'importe qui, sauf Nic West !* pense-t-il, alarmé.

– Ne vous en faites pas, mon vieux, nous sauverons vos mains, affirme le chirurgien sur un ton rassurant.

Mes mains ? veut crier Strange. Cette fois encore, des sons incompréhensibles sortent de sa bouche. Il essaie de remuer la tête afin de regarder ses mains. Au prix d'un gros effort, l'esprit embrumé, il parvient à baisser les yeux : il ne voit *rien.*

Seulement des couches de gaze blanche enroulées autour de ses mains. Ce ne sont même plus des mains, mais des sortes de grosses moufles couvertes de taches rouges.

Du sang. Qui coule.

Il se souvient de l'eau s'engouffrant par le pare-brise de sa voiture.

De sa chute du haut de la falaise.

De sa collision avec l'autre véhicule.

De l'accident.

Strange se déplace. Non… il n'est plus dans sa voiture. Il est à l'hôpital, allongé sur un brancard à roulettes qui remonte un couloir. Quand la civière s'arrête devant les portes de la salle d'opération, Strange se met à hurler : *Non ! Non ! Non !*

Personne ne l'entend.

L'anesthésie fait rapidement effet et Stephen sombre de nouveau dans les ténèbres.

Entendant un souffle près de lui, Strange se réveille en sursaut et réalise que c'est lui qui respire ainsi. Il regarde autour de lui : il est dans une chambre d'hôpital. Par la fenêtre, il voit que le soleil est levé.

Mes mains, pense-t-il aussitôt.

Il baisse les yeux : enveloppées dans des bandages, elles sont suspendues à un cadre de métal pour qu'il ne puisse pas les bouger. Ses doigts sont immobiles, maintenus en place par des vis chirurgicales.

– Tout ira bien, assure Christine, debout près de son lit.

– Que… m'ont-ils… fait ? demande Strange, qui a beaucoup de mal à articuler.

– Vous avez été amené ici par hélicoptère, mais il a fallu du temps aux secours pour vous trouver.

– Que m'ont-ils fait ? hurle Strange.

Il veut la vérité, même si elle est cruelle et désespérante.

La lèvre tremblante, Christine le scrute sans rien dire.

– Onze broches d'acier dans les os, répond-elle enfin. Multiples déchirures des ligaments.

Graves lésions nerveuses dans les deux mains. Nic a fait son possible…

– Nic ? répète Strange d'une voix rauque.

La vérité est cruelle. Désespérante.

Tout est perdu. Sa vie n'a plus aucun sens. Ses recherches, ce à quoi il a travaillé : tout est fini. Tout a disparu lorsque sa voiture a basculé de la falaise et s'est écrasée dans les eaux sombres de la rivière.

– Nic vous a opéré pendant onze heures, reprend Christine.

Strange ne l'écoute pas. Il se contente d'observer ses mains. Ces *choses* sont-elles réellement *ses* mains, à présent ?

– Personne n'aurait pu faire mieux que lui… ajoute le docteur.

– *Moi*, j'aurais fait mieux, réplique Strange avec amertume.

Christine baisse la tête et prend une inspiration. Puis elle le regarde droit dans les yeux.

– Je suis navrée, dit-elle d'une voix étranglée. Vous n'étiez pas disponible.

Elle pose une main sur son épaule, mais Strange ne la voit plus : il fixe le mur, l'esprit dans le vague.

Il ne voit plus rien.
Plus rien.

L'un des boucliers énergétiques qui se sont formés autour de la main de Strange a disparu. Et avec lui tout espoir de vaincre ses adversaires s'est envolé.

Stephen écarte les bras et repense à ses séances d'entraînement. Il se concentre. Une onde d'énergie scintille, puis s'évanouit.

Impossible de créer un autre bouclier.

Une erreur de débutant.

Avançant dans le couloir qui serpente et se déforme, Kaecilius s'approche. Avec facilité, il fait pivoter Strange et le plaque au plafond.

Où est le plancher ? se demande Stephen, qui a perdu tout sens de l'orientation.

Du coin de l'œil, il voit Kaecilius afficher un affreux rictus. Ses zealots se déplacent le long des murs… Strange se prépare alors à l'assaut.

D'un simple geste de la main, Kaecilius crée des éclats magiques, qu'il propulse vers Stephen. Celui-ci les bloque à l'aide du bouclier d'énergie qui lui reste, mais l'un d'eux parvient à transpercer sa tunique.

Du sang. Qui coule.

L'eau.

L'accident.

Le zealot musclé fond sur Strange, qui lance sur lui son fouet lumineux pour l'obliger à s'écarter. Mais son attaquant a le temps de lui porter un coup, et Stephen recule en vacillant.

La femme blonde passe à son tour à l'attaque, dirigeant sa fureur sur Strange. Ce dernier recule, essayant d'éviter les éclats d'énergie magique de la zealot, mais son bouclier s'affaiblit et ses mouvements ralentissent.

Je vais perdre ce combat, devine-t-il.

Il a aussi l'impression de ne plus rien ressentir. La réalité semble se dissoudre autour de lui.

Le zealot musclé fait un geste de la main et Stephen perd aussitôt le contrôle de lui-même : il heurte le plancher, le plafond, les murs…

Puis, le corps meurtri et couvert de sang, il se relève et se concentre.

Kaecilius attend, les yeux braqués sur lui. Le zealot musclé est prêt à attaquer et la femme blonde se trouve à l'autre bout du couloir. Derrière elle, Strange aperçoit la Rotonde.

Les portails, pense-t-il.

Il s'élance dans cette direction.

CHAPITRE 5

Lueur d'espoir

ALLONGÉ SUR SON LIT D'HÔPITAL, STEPHEN Strange n'arrive pas à dormir, et rester éveillé est un vrai supplice : il ne peut trouver la paix. Tout semble tournoyer autour de lui. Le monde lui semble à la fois réel et virtuel. La vie qu'il a menée pendant des années est bel et bien terminée.

Est-ce le jour ou la nuit ? Il est à l'hôpital depuis tant de temps qu'il n'arrive plus à faire la différence entre l'éclairage électrique et la lumière du soleil. Ces mains qui ne sont plus les siennes ne cessent de palpiter. Il a subi tant d'opérations !

Strange baisse les yeux vers elles. Les médecins ont enlevé les vis et le cadre de métal.

Elles sont à présent maintenues en place par des attelles en résine thermoplastique pour leur permettre de guérir.

Guérir ?

Strange laisse échapper un rire amer.

Le moindre mouvement le fait souffrir. Ces mains si habiles, qui ont accompli tant de miracles, ne sont plus que des instruments maladroits.

Il entend un bruissement. Il lève les yeux et aperçoit Christine, assise près de lui.

Est-ce le jour ou la nuit ? La nuit, peut-être.

Dans quelle temporalité suis-je ?

Strange est assis sur son lit d'hôpital, une tablette tactile posée sur ses genoux. Dans un effort inouï, il effleure l'écran et réprime une grimace de douleur. Ses doigts engourdis parviennent à peine à faire défiler les pages. C'est comme s'il essayait de passer une corde épaisse dans le chas minuscule d'une aiguille.

Les dents serrées, Stephen étudie ce qui s'affiche sur l'écran : des radiographies et des images IRM.

De ses mains.

Le jour est levé, Strange en a conscience. Et c'est le jour où l'on doit lui ôter ses pansements. Le jour où il va enfin savoir.

Les docteurs West et Varma se dressent au-dessus de lui. Ils osent à peine respirer tandis que Christine commence à dérouler lentement les bandages.

Strange est nerveux. Effrayé. Des émotions auxquelles il n'est pas habitué. Qu'il n'aime pas ressentir.

Les pansements ont disparu.

– Non, murmure-t-il.

Les mains qu'il voit ne sont pas les siennes, il en est certain. C'est impossible. Elles sont couvertes d'affreuses cicatrices rouges. Désespéré, il les regarde trembler devant lui.

Dans la chambre, les médecins gardent le silence. Strange pose les yeux sur West. Puis sur Varma. Et enfin sur Christine.

– Vous m'avez détruit ! s'exclame-t-il avec mépris.

Les autres se taisent.

Strange ne voit plus rien.

Plus rien.

Depuis l'accident, des semaines se sont écoulées. Des mois. Des années, peut-être ? Strange a oublié. Pour lui, le temps ne signifie plus rien. Il n'est plus chirurgien, il n'a plus nulle part où aller.

– Serrez ma main, allez… plus fort, l'encourage le kinésithérapeute. Je veux sentir votre vigueur.

L'homme costaud qui se tient devant lui est le genre d'individu qu'il vaut mieux ne pas fâcher, car il pourrait vous briser le cou d'un seul geste.

Quel jour est-ce donc ? Et où est Stephen ? En séance de kinésithérapie. Cela fait quelque temps qu'il est sorti de l'hôpital. Strange fixe la lumière fluorescente au-dessus de lui, les murs à la peinture écaillée, les vieux meubles métalliques.

Il s'efforce de serrer la main du kinésithérapeute. Sur son visage, ses muscles se crispent. Des gouttes de transpiration perlent sur son front et coulent jusque dans sa barbe mal taillée.

– Ça ne sert à rien, dit-il, découragé.

– Mais non, vous pouvez y arriver, assure le kinésithérapeute.

Exaspéré, Strange lève les yeux au ciel.

– J'ai une question : avez-vous déjà vu quelqu'un avec des lésions nerveuses de cette gravité guérir un jour ? demande-t-il.

D'un mouvement de la tête, il désigne ses mains striées de cicatrices. Même si celles-ci se sont un peu estompées, ces mains qui ne sont plus les siennes sont constamment agitées de tremblements.

Tout en massant les doigts de Strange, le kinésithérapeute lui répond :

– Oui, une fois. Un homme dont les jambes avaient été paralysées à la suite d'un accident du travail. Il venait me voir trois fois par semaine. Et puis, un jour, il n'est plus venu. J'ai cru qu'il était mort.

Stephen l'écoute, fasciné par cette histoire.

– Quelques années plus tard, je l'ai croisé dans la rue, poursuit le kinésithérapeute. Sans son fauteuil roulant. Il marchait.

– Il marchait ? répète Strange, incrédule.

– Oui.

– Comment s'appelait ce patient ?

– Panghorn.

Jonathan Panghorn ? pense Strange, qui a déjà entendu parler de lui.

Il fait jour à New York et Strange, les traits tirés, remonte une rue. Il s'immobilise devant un terrain de basket-ball où quelques hommes sont en train de disputer un match. Stephen surveille cet endroit depuis des semaines et, cette fois, il voit enfin celui qu'il cherche. Celui qu'il a *besoin* de rencontrer.

– Jonathan Panghorn ? demande-t-il en s'approchant d'un des joueurs.

Celui-ci se retourne et fixe Strange d'un air embarrassé.

– Vous avez été victime d'un traumatisme de la moelle épinière de niveau C7-C8, déclare Stephen.

Panghorn jette un coup d'œil aux autres joueurs et s'écarte du terrain. Strange le suit.

– Qui êtes-vous ? interroge Jonathan, méfiant.

– Vous étiez insensible de la poitrine jusqu'aux pieds. Avec une paralysie partielle des deux mains.

– Je ne vous connais pas, réplique Panghorn.

– Je m'appelle Stephen Strange. Je suis chirurgien. Du moins, je l'étais…

Il sort de ses poches les mains qui ne sont plus les siennes et les lève devant l'homme. Elles tremblent violemment, sans que Stephen puisse les contrôler.

Jonathan Panghorn lui lance un regard plein de pitié.

– En fait, je vous reconnais, avoue-t-il. Il y a quelques années, je suis venu vous consulter, mais votre assistante a refusé de me donner un rendez-vous.

– Vous étiez incurable, je n'aurais pas pu vous aider.

– Et ça aurait nui à votre réputation, n'est-ce pas ? remarque Panghorn.

Gêné, Strange détourne les yeux.

– Vous vous en êtes pourtant tiré, reprend-il. Et je cherche, moi aussi, un moyen de guérir.

Panghorn l'observe avec attention. Pendant ce temps, les autres joueurs s'impatientent et lui font signe de revenir sur le terrain. Mais il les ignore et s'éloigne en compagnie de Stephen.

– J'avais renoncé à l'idée de pouvoir me servir de nouveau de mon corps, chuchote Jonathan. Je ne pouvais plus compter que sur mon esprit.

Ça me rappelle quelqu'un, se dit Strange avec amertume.

– J'ai fait la connaissance de gourous et de femmes pleines de sagesse. Des inconnus m'ont transporté jusque dans des montagnes pour rencontrer de saints hommes. J'ai fini par trouver mon maître dans un lieu étonnant. Mon esprit s'est alors élevé, s'est approfondi et, sans que je m'y attende…

– Votre corps a été guéri, conclut Strange.

Panghorn hoche la tête.

– J'aurais pu rester pour apprendre de plus grands secrets. Mais je n'avais pas la force de les recevoir. Il y avait des leçons, des obligations, des vérités pour lesquelles je ne me sentais pas prêt. J'ai préféré me contenter du miracle de ma guérison et je suis reparti chez moi, précise-t-il avec nostalgie.

Le silence retombe entre les deux hommes. Puis Panghorn ajoute :

– Le lieu que vous cherchez s'appelle Kamar-Taj. Sachez cependant que le prix à payer est énorme. Plus encore que vous ne l'imaginez.

– Combien ? demande Strange.

– Je ne parle pas d'argent, répond Panghorn. Mais je vous en ai déjà trop dit.

À ces mots, il tourne les talons et repart lentement vers le terrain de basket-ball.

Strange regarde marcher cet homme qui n'aurait jamais dû retrouver l'usage de ses jambes.

– Bonne chance, lance Panghorn par-dessus son épaule.

Stephen est prêt à payer n'importe quel prix.

Parce qu'il n'a pas d'autre choix.

Hormis le vide.

Strange s'élance vers la Rotonde, en direction de la zealot blonde qui se prépare à attaquer. Grâce à l'agilité acquise lors de sa formation en arts martiaux à Kamar-Taj, Stephen heurte la femme des deux pieds :

le choc la soulève du sol et elle s'écroule dans la Rotonde.

La Rotonde, où se trouvent *les portails.*

Pour la première fois depuis qu'il est entré dans le Sanctum Sanctorum, Strange s'autorise un petit sourire. Cet endroit est plein de surprises et cela va peut-être jouer en sa faveur.

La zealot bascule en arrière et traverse l'une des fenêtres, dont la vitre se brise sous l'impact. Strange évite de justesse les éclats de verre et observe la scène avec l'impression que la femme est en train de chuter dans un tableau qui représente un vaste désert brûlant.

L'air désorienté, elle dégringole le long d'une dune de sable avant de s'immobiliser. Puis, réalisant ce qui lui arrive, elle tente de gravir la pente. En vain. Ses doigts ne trouvent pas de prises.

Strange sait ce qui lui reste à faire : il s'approche du panneau de commandes et, d'un geste, tourne le cadran. Aussitôt, le désert aride est remplacé par une jungle luxuriante sur laquelle s'abat une averse estivale.

Un adversaire de moins, se dit Strange. *Plus que deux...*

Un hurlement rageur et cauchemardesque interrompt le cours de ses pensées : le zealot musclé vient de fondre sur lui. Strange s'accroupit et se rappelle ce que Mordo lui a enseigné. Dès que l'attaquant entre en contact avec Stephen, ce dernier se déplace avec lui, se servant de son élan pour le vaincre.

Strange fait tournoyer le zealot au-dessus de lui et le propulse en direction de la forêt tropicale.

Avant que l'homme comprenne ce qui lui arrive, Stephen active encore une fois le cadran du panneau de commandes : instantanément, la forêt cède la place à un immense canyon rocheux illuminé par le soleil.

Deux adversaires de moins. Il n'en reste plus qu'un.

Strange se redresse et pivote.

Kaecilius l'attend.

CHAPITRE 6

Kamar-Taj

DEPUIS QUAND STRANGE ATTEND-IL ? DES jours, des semaines, des mois… des années, peut-être ? Pour lui, après son accident, le temps a perdu toute signification.

Seul le temps nous le dira.

Cela fait longtemps que Strange attend un miracle. Il veut trouver ce qui pourra redonner un sens à sa vie. Ce qui a permis à Jonathan Panghorn de marcher à nouveau.

Il veut trouver Kamar-Taj.

Un vent glacial souffle sur son visage et il remonte le col de son manteau usé pour s'en protéger. Mais cela ne suffit pas à le réchauffer. Depuis son arrivée au Népal, il souffre

constamment du froid. Si loin de New York, il se sent désorienté.

Si loin de l'hôpital.

De son accident.

De Christine.

En atteignant les abords de Katmandou, Stephen continue de marcher, ainsi qu'il le fait depuis des jours. La ville est très animée. Voitures, camions, vélos et scooters se faufilent entre les piétons.

Strange regarde autour de lui et s'étonne du contraste entre les maisons anciennes, qui ressemblent presque toutes à des temples, et les immeubles modernes qui se dressent dans le ciel. Les hommes et les femmes assis sur les trottoirs remarquent à peine la silhouette du voyageur sale, décoiffé, aux vêtements froissés, qui passe devant eux.

Il rajuste le sac à dos qui pèse sur ses épaules fatiguées. Il lui paraît très lourd, même s'il n'y a presque plus rien à l'intérieur. Il a vendu le peu d'affaires qu'il possédait afin de pouvoir arriver jusqu'ici. Ici, à Katmandou ? Non, à Kamar-Taj.

Ces mains qui ne sont plus les siennes palpitent de douleur. Depuis l'accident, elles

le font sans cesse souffrir. Strange jette un coup d'œil aux bandages crasseux et en lambeaux qui les enveloppent.

Poursuivant sa route, il longe une ruelle où la foule se presse. Il est à Katmandou, mais il ne sait toujours pas où il doit se diriger. Il a découvert la botte de foin. Il lui reste maintenant à trouver l'aiguille qui s'y cache.

Il lui faudrait un miracle pour que se réalise le miracle dont il a besoin.

Il parcourt les environs du regard et aperçoit plusieurs panneaux écrits dans sa langue.

– « Guérison himalayenne. Cherchez la paix et trouvez-vous vous-même », lit-il à haute voix. « Salon de massage et d'apprentissage spirituel », « Circuit des lieux saints ».

Il pourrait tout aussi bien être à New York. Tous ces endroits veulent attirer les touristes en quête de paix intérieure et d'une vérité qui leur échappe. Strange secoue la tête. Ce n'est pas ce qu'il cherche.

Un peu plus loin, il s'arrête devant un temple immense bondé de gens agenouillés. Ils prient, certains en faisant tourner des moulins à prière. Sans réfléchir, Strange tend la main vers l'un de ces objets et le touche machinalement. Devant lui, une queue de touristes attend de recevoir la bénédiction d'un vieux moine.

Stephen pousse un long soupir.

– Excusez-moi, dit Strange en s'approchant d'un passant. Savez-vous où se trouve Kamar-Taj ?

Mais l'homme s'éloigne sans un mot. Si Stephen n'était pas si préoccupé, il aurait peut-être remarqué la silhouette qui se tient dans l'ombre, juste derrière lui : celle d'un homme vêtu d'une robe verte et dont le visage est dissimulé sous un capuchon.

Un enfant arrive en boitant près de Strange et l'observe avec curiosité.

– Kamar-Taj ? demande-t-il.

– Tu sais où se trouve cet endroit ? s'écrie Stephen, soudain plein d'espoir.

– Kamar-Taj ? répète le garçon, la main tendue.

– Je suis fauché, répond Strange avec un haussement d'épaules.

– Kamar-Taj ? insiste l'enfant.

Stephen soupire. Il a menti : il lui reste un peu d'argent. De ses doigts malhabiles, il tire de son portefeuille un billet, qu'il donne au garçon.

Celui-ci l'empoche et pointe l'index devant lui. Strange suit du regard la direction indiquée, puis fixe l'enfant.

– Mille roupies pour ça ? s'étonne-t-il, ironique. Merci beaucoup, petit mendiant !

– Toi mendiant, pas moi, réplique l'enfant. Place Pantan-Durbar, ajoute-t-il avant de s'éloigner dans la foule.

Strange se met en route vers la place en question. Il ne se doute pas que l'homme vêtu de vert le suit.

Strange débouche sur la place Pantan-Durbar, bordée de temples et de palais. Une sensation irréelle l'envahit : il a l'impression que quelqu'un le surveille. Il se retourne, mais ne voit d'abord personne.

Soudain, il remarque l'homme en robe verte, qui l'observe.

Il détourne les yeux avant de regarder à nouveau. L'inconnu a disparu.

En frissonnant, Strange s'engage dans une ruelle pavée. Il est sur le point de découvrir Kamar-Taj, il en est persuadé. Cet endroit lui semble pourtant si loin !

Au bout d'un moment, un petit chien se dirige vers lui en boitant. Il a une patte cassée, qu'il traîne derrière lui. Strange jette un coup d'œil à l'animal, puis se remet à marcher.

Le chien pousse un gémissement.

Strange s'arrête et le regarde.

– Je connais quelqu'un qui se serait occupé de toi sans hésiter, dit-il en pensant à Christine.

Elle a même essayé de l'aider à surmonter cette affreuse situation. Et lui, Strange, l'a repoussée. Pourquoi ? De quoi a-t-il eu peur ?

Stephen s'agenouille et le chien s'approche de lui. De ses mains tremblantes, il examine la patte de l'animal. Elle est bel et bien cassée. Maladroitement, Strange retire un morceau de l'armature de son sac à dos pour en faire une attelle, qu'il attache le long de la patte du chien.

Elle guérira, se dit-il tristement. *Seul le temps nous le dira.*

L'homme en robe verte, qui a assisté à la scène avec intérêt, disparaît encore une fois dans l'ombre.

Un homme barbu à la carrure imposante émerge d'une maison et bloque le passage à Strange.

– Ta montre ! ordonne-t-il.

Stephen regarde autour de lui et voit s'approcher deux autres individus : l'un maigre et l'autre costaud. Il réalise qu'il est en très mauvaise posture…

– Je n'ai pas d'argent, répond-il sans réfléchir.

Puis il se souvient qu'il porte en effet une montre. La montre que Christine lui a offerte.

Seul le temps nous le dira…

– Non, s'il vous plaît, supplie Stephen. C'est tout ce qui me reste.

– Ta montre, répète le barbu en tendant la main.

Strange plisse les yeux, prêt à se défendre… même s'il ne sait pas se battre. Il essaie vainement de cacher la montre sous ses bandages, et l'homme se met à rire avant de lui arracher son sac à dos.

Le garçon maigre se glisse derrière lui et tente de saisir la montre. Stephen s'écarte de justesse et part en courant... avant de tomber dans les bras de l'autre brute, qui attendait un peu plus loin.

Strange tente de se débattre, mais les trois voleurs lui donnent des coups de poing et de pied. Le garçon maigre s'empare de la montre...

... quand l'homme en robe verte apparaît.

Tout arrive si vite que Stephen, étendu dans la poussière, a du mal à suivre le déroulement des événements. Le temps semble s'accélérer. Des mains, des pieds et des poings voltigent autour de lui.

Il voit ensuite les voleurs être projetés sur la chaussée. Ils se relèvent et s'enfuient à toutes jambes.

Stupéfait, Strange tâche de se ressaisir. L'homme qui l'a défendu ôte lentement son capuchon et le scrute avec sévérité. Il a l'air presque menaçant, avec son visage défiguré par des cicatrices.

Hors d'haleine, Strange se redresse.

– Ma montre, murmure-t-il.

Elle est dans la main de l'inconnu, qui a réussi à la reprendre aux voleurs ! Il l'examine avant de la lancer à Stephen. À cause de ses bandages, celui-ci a du mal à la saisir au vol.

Le verre de la montre est fendu, et son tic-tac s'est arrêté.

Seul le temps nous le dira, songe Strange.

C'est alors que l'individu en robe verte prend la parole :

– Malheureusement, je ne suis pas arrivé à temps pour récupérer votre bracelet intact.

– C'est une montre, marmonne Stephen.

– Plus maintenant, réplique l'homme.

Strange garde le silence.

Au bout d'un moment, l'inconnu ajoute :

– J'ai cru comprendre que vous cherchiez Kamar-Taj.

Le zealot Kaecilius regarde Stephen Strange droit dans les yeux. Puis, les mains entourées d'énergie magique, il se jette sur lui en un éclair.

Strange est étourdi – mais pas autant que le jour où il a rencontré l'Ancien pour la première fois. D'un coup de pied, il envoie un vase sur Kaecilius, qui perd l'équilibre.

Stephen en profite pour s'enfuir le long du couloir, qui a repris sa forme habituelle. Son adversaire, qui s'est déjà relevé, est à ses trousses. Stephen s'engouffre dans la Chambre des Reliques, qu'il a découverte un peu plus tôt. Là, il remarque un objet, qu'il reconnaît aussitôt pour l'avoir étudié quand il était à Kamar-Taj.

– Le Brasier de Bom 'Galiath ! s'exclame-t-il en s'en emparant.

Il fait volte-face : Kaecilius l'observe avec un sourire mauvais.

– Vous ne savez pas vous en servir, n'est-ce pas ?

Strange fixe son ennemi. Il dit vrai : Stephen ignore comment utiliser cette arme.

Kaecilius s'avance.

Strange lance le Brasier de Bom 'Galiath dans sa direction, mais le zealot l'évite aisément, avant de se précipiter sur lui.

Kaecilius est maintenant armé d'une faux, qu'il brandit au-dessus de Strange : celui-ci trébuche et tombe à terre. Un puissant coup de pied le projette dans les airs, et il atterrit sur une vitrine de reliques, qui vole en éclats.

Kaecilius envoie alors Strange percuter une autre vitrine qui renferme une cape rouge foncé. Tandis que le zealot s'apprête à frapper de nouveau avec sa faux, une chose curieuse se produit : la cape, libérée de son écrin de verre, prend vie sous les yeux de Strange.

Elle s'enveloppe autour de lui et dévie les coups de Kaecilius.

Stephen sourit.

CHAPITRE 7

L'Ancien

En silence, Strange remonte une ruelle étroite. L'inconnu à la robe verte marche près de lui.

Ils approchent bientôt d'un temple très ancien. Dans les niches de pierre qui longent la voie, Strange aperçoit des hommes aux longues barbes et aux visages peints. *Des sages*, devine-t-il. Il s'arrête devant le temple, puis voit que l'individu vêtu de vert ne fait pas de même.

Nous ne sommes pas arrivés à Kamar-Taj ? s'étonne Strange.

L'homme continue d'avancer avant de s'immobiliser devant la porte en bois d'un bâtiment beaucoup moins imposant.

– Vous êtes certain que c'est le bon endroit ? demande Stephen.

L'inconnu le fixe avec attention.

– Je me suis un jour retrouvé à votre place et je me suis, moi aussi, montré irrespectueux, répond-il. Par conséquent, puis-je vous donner un conseil ?

Embarrassé, Strange hoche la tête.

– Oubliez tout ce que vous croyez savoir.

Dès qu'il franchit la porte de la maison, Strange découvre un autre monde. De l'extérieur, le bâtiment paraissait vraiment petit et, pourtant, la cour dans laquelle il vient de pénétrer fourmille de gens qui se dirigent vers d'autres cours de cérémonie. C'est une véritable cité ! Des hommes et des femmes vêtus de longues robes méditent ou pratiquent des arts martiaux. Stephen en entend d'autres qui chantent dans des langues inconnues.

En étudiant la foule de plus près, il s'aperçoit que certains portent des baskets et des lunettes de soleil. Quelqu'un a même un casque sur les oreilles pour écouter de la musique. Il voit aussi un garçon qui tient des rouleaux de parchemin sous un bras et une tablette tactile sous l'autre.

Oubliez tout ce que vous croyez savoir, se répète Strange, intrigué.

L'homme en vert conduit Stephen jusqu'à un bel édifice.

– Voici le sanctuaire de l'Ancien, notre professeur, explique-t-il.

– Vraiment ? Vous l'appelez « l'Ancien » ? s'exclame Strange avant de réaliser qu'il devrait se montrer plus respectueux. Désolé, ajoute-t-il en voyant l'inconnu le considérer d'un air méprisant.

Celui-ci l'invite à pénétrer dans le vestibule du temple, au plafond haut et soutenu par des colonnes de pierre. À l'intérieur, Stephen entrevoit un vieillard avec une longue barbe, les mains enfouies sous sa robe. Quatre femmes se trouvent aussi dans la salle. L'une d'elles prend le manteau usé de Strange, une autre lui fait signe de s'asseoir. La troisième apporte un plateau sur lequel sont posées des tasses et une théière, et la quatrième se met à servir du thé.

Le silence est total.

Gêné et inquiet, Stephen se tourne vers le vieil homme.

– Merci de m'accueillir ici, lui dit-il.

– De rien, répond quelqu'un.

Ce n'est pas le vieillard qui a parlé ainsi, mais la femme qui sert le thé.

Strange la regarde avec surprise. Il ne parvient pas à lui donner un âge, car elle semble jeune et vieille à la fois. Son crâne est chauve et elle a des balafres sur le visage, comme l'homme en vert.

Ce dernier la désigne en annonçant :

– Je vous présente le Sorcier Suprême, que nous surnommons aussi l'Ancien.

– Merci, maître Mordo, dit-elle.

L'inconnu s'appelle donc Mordo. Celui-ci s'écarte, et l'Ancien scrute Stephen.

– Monsieur Strange, le salue-t-elle.

– *Docteur* Strange, précise l'intéressé.

– Plus maintenant, n'est-ce pas ? réplique-t-elle

en souriant. Et c'est pour cette raison que vous êtes ici.

Stephen porte la tasse de thé à ses lèvres. L'Ancien aperçoit alors ses mains bandées et les cicatrices visibles sous les pansements.

– Vous avez subi de nombreuses interventions chirurgicales. Sept, d'après ce que je vois.

Strange est stupéfait. Comment peut-elle le savoir ?

– Avez-vous guéri Jonathan Panghorn, alors qu'il était paralysé ? demande-t-il.

– Oui, d'une certaine façon, acquiesce l'Ancien.

– Vous l'avez aidé à retrouver l'usage de ses jambes. Comment avez-vous réussi à réparer un tel traumatisme de la moelle épinière ?

La femme lui adresse un sourire.

– Je l'ai convaincu qu'il était capable de marcher à nouveau.

– Voulez-vous dire que son problème était d'ordre psychosomatique ? Que tout était dans son esprit ?

L'Ancien secoue la tête et se penche vers Strange.

– Quand vous réparez un nerf sectionné, est-ce vous qui le guérissez ou bien le corps du patient ?

– Ce sont les cellules qui s'en chargent, évidemment, réplique Strange, impatient.

– Et les cellules sont seulement programmées pour réagir de manière spécifique.

– En effet, dit Stephen d'un ton cassant.

– Et si je vous disais que votre corps peut se convaincre de se guérir de bien des façons ?

– Vous parlez de régénération cellulaire ? C'est une technique médicale de pointe ! Y travaillez-vous en secret ?

L'Ancien dévisage Strange, puis lance un regard entendu à Mordo.

– Oui, c'est exactement cela, répond-elle.

– Vous avez donc trouvé le moyen de reprogrammer les cellules nerveuses afin qu'elles se guérissent elles-mêmes ?

– Non, monsieur Strange. Mais je sais comment réorienter l'esprit afin de mieux guérir le corps.

– L'esprit est donc capable de guérir le corps ? murmure Stephen, hésitant.

La femme hoche la tête avant de boire une gorgée de thé.

– Dans ce cas, de quelle manière s'y prend-on ? l'interroge Strange.

L'Ancien se lève et se dirige vers une table où est posé un livre énorme. Elle le feuillette, puis choisit une page sur laquelle est représenté un schéma du corps humain. Sept chakras, ou centres d'énergie, y sont notés, ainsi que des points vitaux.

Stephen ne peut s'empêcher de rire.

– J'ai déjà vu ça dans les boutiques de souvenirs ! se moque-t-il.

L'Ancien lui montre alors une autre page, sur laquelle se trouve une planche anatomique illustrant cette fois le système nerveux.

– Vous préférez peut-être ce schéma ? demande-t-elle. Ou bien celui-là, ajoute-t-elle en pointant le doigt sur une image IRM du corps humain. Ils ont été dessinés par quelqu'un qui était incapable de voir le corps en entier.

– J'ai dépensé tout mon argent pour arriver jusqu'ici, et vous me parlez de guérison par l'esprit ! dit Strange, déstabilisé. Je suis pourtant sûr que Panghorn n'a pas pu se guérir lui-même. Certaines de ses fibres nerveuses étaient restées intactes, c'est évident !

La femme garde le silence.

– Vous voulez me faire croire qu'il a été spontanément guéri ? continue Strange, exaspéré. Il suffit donc aux malades de rejoindre votre secte pour se rétablir ? Vous proposez des miracles pour tout le monde ?

– Non, pas pour tout le monde, répond l'Ancien.

– Seulement aux croyants ? rétorque Strange, d'un air écœuré.

– Vous observez le monde par le trou d'une serrure, affirme la femme d'une voix patiente. Et vous avez passé votre vie à essayer d'élargir ce trou pour en apprendre et en voir davantage. Et quand vous découvrez qu'il peut être élargi d'une façon incroyable, inimaginable, vous rejetez cette possibilité.

Elle dit vrai. Mais Strange a du mal à l'accepter.

– Parce que je ne crois pas aux contes de fées sur les chakras, les points d'énergie ou le pouvoir des croyances ! s'emporte-t-il.

L'esprit n'existe pas ! Nous sommes seulement faits de matière.

– Vous vous sous-estimez, rit l'Ancien.

– Non, c'est vous qui vous vous *surestimez*, réplique Strange, dont les mains palpitent sous leurs pansements. Vous n'êtes pas différente de moi : un minuscule grain de poussière qui habite un Univers indifférent.

– Votre perception de l'Univers est plutôt médiocre, remarque la femme. Et vous ignorez tout du Multivers.

– Le Multivers ? répète Strange avec mépris.

– La réalité que vous connaissez n'est qu'une parmi d'autres, explique l'Ancien.

– Ah, vraiment ? ironise Stephen. Et où sont-elles, ces autres réalités ?

– Tout autour de vous. Partout ailleurs et parfois nulle part. Libérez votre esprit…

Strange a de plus en plus de mal à réprimer sa colère. Il se lève et se dirige vers l'Ancien.

– Tout ça n'est qu'une plaisanterie ! s'écrie-t-il. Une arnaque ! Vous pensez peut-être me connaître ? Vous vous trompez ! Mais moi, j'ai bien compris qui vous étiez !

À ces mots, il pointe sur la femme un doigt accusateur.

Une grave erreur.

Avant que Stephen ne réalise ce qui se passe, l'Ancien lui saisit la main, la tord et oblige Strange à s'arrêter net. Puis elle s'écarte et enfonce la paume de sa propre main à travers le torse du docteur.

Celui-ci se plie en deux et lâche sa tasse, qui se brise sur le sol. Mordo se précipite vers lui et le rattrape avant qu'il ne tombe.

Stephen assiste à cette scène comme si quelqu'un d'autre la vivait.

Comment est-ce possible… ?

Il baisse les yeux vers ses mains : à l'instar du reste de son corps, elles lui paraissent translucides et lumineuses. Il se tourne vers Mordo, qui continue d'empêcher son corps de chuter. *Son* corps ? Mais est-ce réellement le sien ? *Que suis-je devenu ?*

D'un mouvement fluide, l'Ancien se déplace vers Strange, qui se sent soudain ailleurs, désorienté. Puis, à bout de souffle, il se redresse.

– Que m'avez-vous fait ? demande-t-il, tremblant.

– J'ai projeté votre forme astrale hors de votre corps physique, explique la femme.

Stephen ne comprend plus rien. Il regarde la tasse brisée et le thé répandu sur le sol.

– M'avez-vous drogué ? interroge-t-il.

– Non, c'est seulement du thé avec un peu de miel, assure l'Ancien.

– Que s'est-il… passé ? insiste Strange.

– L'espace d'un instant, vous êtes entré dans la Dimension Astrale. Un lieu où l'âme existe séparément du corps. Nous sommes plus que de la matière, vous savez.

Strange est perdu. Il ne s'attendait pas à cela. Pris de panique, il recule d'un pas chancelant et se cogne à une table. Il doit quitter cet endroit, fuir au plus vite. Il ne peut assimiler autant de nouveautés à la fois.

L'Ancien glisse alors deux petites jointures de métal à ses doigts et, d'un geste, fait basculer la réalité.

Strange est à présent face à une image identique de la salle dans laquelle ils se trouvent, à la différence que celle-ci est grise, terne et sans vie. Cependant, son reflet et celui de l'Ancien sont en couleur.

Quel est ce prodige ?

– Vous êtes à présent dans la Dimension du Miroir, commence la femme. Un reflet omniprésent, mais invisible, de la réalité telle que nous la connaissons.

Tandis qu'elle parle, Strange a l'impression de perdre davantage contact avec le monde réel. Les parois de la salle semblent fondre et se déformer. Il aimerait fermer les yeux et ne plus rien voir. Malgré tout, il ne peut s'empêcher de se tourner vers Mordo et les femmes du sanctuaire, qui se déplacent tranquillement, indifférents à ce qui se passe.

– Dans la Dimension du Miroir, l'espace et la matière peuvent se replier… poursuit l'Ancien.

Bouche bée, Stephen contemple la salle, qui continue de se disloquer : le plafond et le plancher se sont inversés. Strange lève les yeux : les femmes débarrassent le service à thé sans lui prêter attention.

– … sans que cela affecte ou modifie le monde réel, ajoute l'Ancien. Nous nous servons de cette dimension pour créer des portails qui nous permettent de voyager instantanément sur de longues distances.

Perdant tous ses repères, Stephen trébuche, comme un petit enfant qui apprend à marcher. Il recule de quelques pas et la réalité reprend sa forme habituelle.

Le cœur battant, Strange respire avec difficulté.

– Pourquoi… faites-vous tout ça ? demande-t-il à la femme.

– Pour vous montrer qu'il y a beaucoup de choses que vous *ignorez*, répond-elle en posant un doigt sur le front de Stephen. Ouvrez les yeux.

Le sol se dérobe sous les pieds de Strange, qui se met à tomber. Il crie, donne des coups de pied, essaie de se cramponner à une paroi : en vain. Il glisse le long du plancher (à moins que ce ne soit un mur ?) jusqu'à un mur (le plancher ?). Il voit soudain une fenêtre, qu'il traverse brutalement.

Sous le choc, il découvre des étoiles, des ténèbres et des tourbillons de couleurs.

L’espace intersidéral.

Son corps est devenu un projectile qui se déplace dans le vide et traverse l’Univers à une vitesse incroyable, dépassant planètes, météores et poussières interstellaires.

– Ce n’est pas réel ! hurle-t-il. Ce n’est pas réel !

Sous lui, il aperçoit alors la Terre.

CHAPITRE 8

Le langage des arts mystiques

STRANGE EST FACE À KAECILIUS. TOUT AUTOUR d'eux, la Chambre des Reliques et le Sanctum Sanctorum semblent réagir à la présence du zealot, comme si le bâtiment lui-même pouvait percevoir les maléfices qui émanent de lui.

Kaecilius observe Stephen, qui est protégé par la cape rouge.

Vient-il d'esquisser un sourire ? se demande Strange. *Sait-il quelque chose que j'ignore ?*

Des ondes d'énergie se rassemblent et vibrent autour de Kaecilius.

Les mains de Strange se mettent à palpiter. *Pas maintenant,* pense-t-il en s'efforçant d'oublier la douleur. L'ennemi est prêt à lancer son assaut, Stephen en est conscient.

– Qu'on en finisse, gronde alors Kaecilius.

– Kamar-Taj n'est pas une fin en soi, mais un commencement, déclare Mordo.

– Je l'ai compris après avoir atterri dans l'espace intersidéral ! réplique Strange, qui marche à ses côtés en souriant.

Mordo se contente de lui lancer un regard hostile.

Après être passés devant plusieurs salles, ils arrivent dans une chambre simplement meublée d'un lit de camp, d'un coffre et d'une table.

– Lavez-vous, reposez-vous et méditez, si vous le pouvez, dit Mordo. L'Ancien enverra quelqu'un vous chercher.

Il tend à Strange une petite carte sur laquelle est inscrit un mot : shamballa.

– Qu'est-ce que c'est ? demande Stephen. Un mantra ?

– Le mot de passe du WiFi, précise Mordo. Nous sommes civilisés, vous savez.

Il sort de la pièce, laissant Strange seul. Sur la table, celui-ci voit alors un vieux livre relié de cuir. Il l'ouvre et découvre, avec surprise, qu'il renferme une tablette tactile... Les habitants de Kamar-Taj sont en effet civilisés !

Stephen se dirige vers une petite fenêtre. Là, il enlève sa montre de son poignet et lit de nouveau l'inscription gravée au dos : *Si je t'aime ? Seul le temps nous le dira.*

Tout en pensant à Christine, il pose la montre sur le rebord de la fenêtre.

Le soleil printanier brille au-dessus de la cour centrale de Kamar-Taj. Strange se sent plein d'espoir – un sentiment qu'il n'a plus ressenti depuis des mois.

Après des semaines de voyage, il a enfin pu enfiler des vêtements propres : il porte maintenant une tunique et un pantalon gris. Mordo lui a expliqué que c'était la couleur des novices.

Cela fait bien longtemps que Stephen n'a pas été un débutant.

En traversant la cour, il aperçoit un arbre immense au tronc difforme. Des fleurs d'un bleu foncé poussent sur ses branches et Strange les trouve belles.

Cela fait bien longtemps qu'il n'a pas remarqué la beauté d'une fleur.

Tandis qu'il se dirige vers le sanctuaire de l'Ancien, qui l'a convoqué, Stephen entend le bruit de ses pas résonner autour de lui. Angoissé, il pénètre dans la vaste salle. Il a envie d'apprendre tout ce qu'il peut, aussi vite que possible. Il sait pourtant qu'il doit se montrer patient.

L'Ancien est assise par terre devant une table basse. Elle semble en paix. Strange s'approche d'un pas hésitant et s'installe face à elle. En silence, la femme prend un pinceau et le trempe dans un encrier avant de se mettre à peindre, sur un parchemin, une rune magique – une sorte de symbole. Ses coups de pinceau sont élégants et raffinés, et sa main se déplace avec légèreté.

– Le langage des arts mystiques est aussi ancien que la civilisation, explique-t-elle. Pour les sorciers d'autrefois, il se composait de « sortilèges ».

Strange garde le silence.

– Si vous préférez, vous pouvez parler de « programmes » : des codes sources qui donnent forme à la réalité. Nous allons commencer avec un mot.

L'Ancien repose le pinceau et contemple la rune qu'elle vient de dessiner.

– Avec ce mot, nous concentrons nos pensées.

Au bout d'un moment qui paraît durer une éternité, elle croise le regard de Strange.

– Avec nos pensées, nous concentrons notre corps.

En silence, elle exécute une série de gestes, sa main tranchant l'air avec grâce et précision. Stephen a l'impression d'assister au spectacle d'une artiste en arts martiaux. Ses mouvements sont non seulement assurés et vigoureux, mais aussi d'une grande beauté.

– Avec le corps, nous maîtrisons l'esprit…

Elle lève de nouveau la main. Cette fois, ses doigts laissent une traînée lumineuse dans leur sillage, inscrivant des symboles dans le vide.

– … et nous donnons réalité à nos intentions.

Une rune flotte devant l'Ancien.

Stephen perçoit le pouvoir et la chaleur que dégage ce symbole. Du bout de l'index, la femme touche la rune, qui se volatilise, puis trace d'autres motifs brillants, sa main se déplaçant de plus en plus vite.

– Nous maîtrisons l'énergie issue d'autres dimensions dans le Multivers.

Stupéfait, Strange regarde l'Ancien tendre la paume vers l'avant : un mandala de lumière prend alors forme et, comme les runes, reste suspendu dans les airs. Le dessin géométrique, qui vibre et palpite, est rempli de symboles que Stephen est incapable de lire.

Les mains de Strange palpitent elles aussi, mais, pour une fois, il ne s'en rend pas compte.

– Cela nous sert à lancer des sortilèges, à créer des boucliers et des armes… continue l'Ancien.

Et, soudain, l'obscurité les engloutit : seul le mandala diffuse de la lumière.

– … à faire de la *magie.*

À cet instant, une rafale de vent traverse le sanctuaire, ébouriffant les cheveux de Stephen, tandis que le mandala chargé d'énergie se met à bourdonner.

De plus en plus fort.

L'Ancien referme brusquement le poing.

Le mandala disparaît, comme s'il n'avait jamais existé.

La lumière revient.

Tout est silencieux.

– Même si mes doigts étaient capables de se mouvoir ainsi, je ne pourrais pas accomplir ce que vous venez de me montrer, affirme Strange.

– Comment avez-vous réussi à réparer des lésions nerveuses ou des moelles épinières sectionnées ? demande l'Ancien en observant les mains de Stephen.

– En étudiant et en pratiquant la médecine pendant des années, répond-il après un court instant de réflexion.

L'Ancien hoche la tête, comme pour lui dire : « Vous commencez enfin à comprendre. »

Depuis le haut de la terrasse de Kamar-Taj, la vue sur Katmandou est à couper le souffle. Au loin, le soleil se lève sur des montagnes couronnées de neige et la lumière paraît danser au-dessus des toits des maisons. Strange détourne les yeux de ce splendide paysage et se concentre sur sa tâche : d'une certaine façon, il est de retour à l'école, en train d'étudier au milieu de dizaines d'autres novices. Mordo leur apporte son aide.

Il exécute des gestes avec ses mains et tout son corps se met à bouger, comme s'il pratiquait des katas – un art martial. Les élèves l'imitent, essayant de copier ses postures. Leurs mains tracent des runes lumineuses dans les airs : ils apprennent le langage de la magie.

Un homme au crâne rasé, à la carrure imposante et à la mine sévère se déplace entre eux en examinant chacun de leurs mouvements d'un œil aiguisé.

Strange observe cet instructeur, puis les autres novices, qui progressent bien. Cela fait des semaines qu'il a compris qu'il lui restait beaucoup à découvrir, quand il a vu l'Ancien exécuter ces gestes et créer le mandala. Pourtant, il a encore du mal à former les mêmes motifs que les autres : ses mains et ses doigts meurtris, couverts de cicatrices, manquent d'agilité.

Il prend une profonde inspiration, puis recommence.

Seul le temps nous le dira… songe-t-il.

Stephen a l'impression de s'entraîner nuit et jour, sans relâche. Aujourd'hui, il a besoin d'une pause.

Par le passé, il serait monté dans sa voiture de sport et aurait roulé à toute allure pendant des heures en écoutant de la musique. Maintenant, il aime se réfugier dans le Narthex, la bibliothèque de Kamar-Taj : un lieu rempli de livres anciens qui n'existent nulle part ailleurs.

Stephen circule entre les étagères avec une pile d'ouvrages dans les bras quand il aperçoit un individu musclé au crâne rasé assis derrière un bureau : c'est l'instructeur qui s'occupe des novices pendant les cours de runes.

– Monsieur Strange, le salue l'homme.

– Je vous en prie, appelez-moi Stephen. Et vous êtes… ?

– Wong.

– Wong tout court ? s'étonne Strange. Comme Beyoncé ?

L'intéressé lui décoche un regard noir.

– Ou comme Aristote ? ajoute Stephen avec l'espoir de détendre l'atmosphère.

Sans répondre, Wong lui fait signe de poser ses livres sur le bureau, puis il commence à les examiner un à un.

– Je suis venu rendre ces ouvrages, explique Strange.

– *Le Livre du soleil invisible*, lit Wong sur la couverture du premier. *Astronomia Nova*, le *Codex Imperium*, *La Petite Clé de Salomon*…

Il lève les yeux et observe les habits gris de Stephen. Des habits de novice.

– Vous les avez tous terminés ? demande-t-il, intrigué.

Sans comprendre la raison de cette question, Stephen hoche la tête. Wong quitte alors son siège et lui fait signe de le suivre.

Les deux hommes traversent le Narthex et gravissent un escalier de pierre qui les conduit jusqu'à une autre salle, dont les rayons sont chargés de livres qui ont l'air encore plus mystérieux. Derrière ces étagères, Strange aperçoit un piédestal sur lequel est posé un objet curieux qui ressemble à un… œil. Un œil doré.

– Cette partie de la bibliothèque est habituellement réservée aux disciples et aux maîtres, précise Wong. Mais, avec ma permission, d'autres peuvent y venir.

Il prend un gros volume, qu'il tend à Strange.

– Vous devriez commencer par celui-ci, conseille l'homme. Avez-vous un bon niveau de sanscrit ?

Stephen ne sait pas quoi répondre : le sanscrit est une langue très ancienne, encore employée dans quelques endroits du monde. *Mais pas à New York*, songe-t-il.

– Je sais me servir de Google Traduction, réplique-t-il.

Sans relever cette remarque, Wong lui passe alors d'autres ouvrages.

– Ces manuels vous permettront d'apprendre le sanscrit védique et le sanscrit classique, annonce-t-il.

– Et ceux-ci ? demande Strange en désignant une rangée de livres qui semblent plus vieux que les autres.

– C'est la collection privée de l'Ancien.

– Il est donc interdit de les lire ?

– À Kamar-Taj, aucune connaissance n'est interdite, explique Wong. Seulement certaines… pratiques. En tout cas, ces ouvrages sont beaucoup trop complexes pour nous : seul le Sorcier Suprême est capable de les comprendre.

Malgré tout, Stephen s'empare de l'un d'eux, intitulé *Le Livre de Cagliostro*, et le feuillette.

– Il manque des pages, remarque-t-il.

– Oui, un ancien disciple, le zealot Kaecilius, a volé deux rituels après avoir étranglé et décapité le précédent bibliothécaire, soupire Wong.

Strange n'en revient pas !

– L'Ancien est très préoccupée par ce Kaecilius et ses partisans, des zealots, eux aussi, poursuit Wong. Je suis désormais le gardien de ces livres. Par conséquent, si l'un d'entre eux disparaît, je saurai qui est responsable et je vous tuerai avant que vous puissiez quitter Kamar-Taj.

Stephen écarquille les yeux.

– Et si… j'ai simplement un peu de retard pour le rendre ? Vous n'allez quand même pas me tuer !

Wong garde le silence.

– Vous m'amputerez d'un membre ? suggère Stephen en souriant.

Wong ne réagit pas.

– Vous savez, par le passé, les gens aimaient mon sens de l'humour, affirme Strange.

– Et ces gens étaient sous vos ordres, n'est-ce pas ? rétorque Wong. C'est pour cette raison qu'ils vous trouvaient amusant.

C'est au tour de Stephen de rester muet.

– Bon, merci pour ces livres et pour cette affreuse histoire, reprend-il au bout de quelques secondes. Et merci aussi de m'avoir menacé !

Sans attendre de réponse, il sort du Narthex.

Dehors, il pleut et la nuit est fraîche.

CHAPITRE 9

L'expérience

L'ACCIDENT. KAMAR-TAJ. L'ANCIEN.

C'est ce qui a conduit Stephen Strange jusqu'ici, au Sanctum Sanctorum.

Kaecilius lui fait face.

Kaecilius : le zealot, le fou, le meurtrier.

Le voleur de secrets.

Kaecilius se précipite sur Strange avec tant de force et de haine qu'il le projette hors de la Chambre des Reliques. En un éclair, la cape rouge qui enveloppe Stephen prend vie et s'élève dans les airs à une vitesse inouïe, avant de le propulser dans le corridor.

Le zealot sort en courant de la Chambre des Reliques, longe le couloir et s'arrête brusquement en haut de l'escalier. Il voit alors Stephen Strange, qui flotte au-dessus des marches.

– La Cape de Lévitation, marmonne Kaecilius, les dents serrées. Conçue au XIIe siècle par le tisseur Enitharmon. Elle est dotée d'une volonté propre.

– Elle m'apprécie, visiblement, dit Strange en esquissant un sourire.

Furieux, le zealot brandit son arme vers son ennemi. Avant que celui-ci puisse réagir, la cape le tire si rapidement vers l'arrière qu'il en a le souffle coupé.

Stephen sait que c'est à son tour d'attaquer : il crée de nouveau un fouet lumineux et le fait claquer en direction de son adversaire.

Kaecilius recule.

La cape – et Strange avec elle – se jette alors sur le zealot, l'écrasant au sol.

Il tombe tête la première.

Cette pensée traverse l'esprit de Stephen Strange tandis qu'il s'entraîne encore une fois sur la terrasse de Kamar-Taj. Le soleil brille au-dessus de lui et des autres novices. Mordo se tient devant eux. Comme ses élèves, il porte à ses doigts deux petites jointures métalliques, un objet que Strange connaît bien, désormais – un double anneau.

Tous les élèves, à l'exception de Stephen, dessinent devant eux des portails de lumière.

– Visualisez votre destination, conseille Mordo. Plus l'image sera nette, plus le portail se matérialisera facilement.

Mordo, qui a remarqué que Strange ne parvenait pas à imiter les autres novices, voit l'Ancien approcher en compagnie du vieil homme qui est souvent auprès d'elle et dont les mains sont toujours dissimulées sous sa robe.

– Je voudrais m'entretenir un moment avec monsieur Strange, annonce-t-elle.

– Bien sûr, répond Mordo.

Il affiche une mine embarrassée, comme s'il avait honte de ne pas pouvoir aider Stephen à progresser. Il s'éloigne en faisant signe aux autres novices de le suivre.

La femme et le vieillard s'assoient face à Strange, qui ne peut réprimer une grimace.

Il sait pourquoi l'Ancien est là.

Il sait qu'il a échoué.

– Mes mains… commence-t-il.

– Cela n'a rien à voir avec vos mains, le coupe l'Ancien.

– Que voulez-vous dire ? s'étonne Stephen.

– Observez Hamir, ordonne la femme en désignant le vieil homme installé à côté d'elle.

Celui-ci sort alors ses mains de sa robe – ou plutôt *sa* main, car il lui en manque une – et les montre à Strange. À la place du membre disparu, Stephen ne voit qu'un moignon à la surface lisse.

Hamir se lève, puis se met à agiter son poignet devant lui, traçant des symboles lumineux dans le sillage de son moignon.

Strange en reste bouche bée. Même sans ses doigts, Hamir est capable de créer des runes magiques !

Une fois qu'il a terminé, le vieil homme enfouit de nouveau sa main et son moignon dans sa robe, s'incline devant l'Ancien et s'en va.

La femme croise le regard de Stephen.

– Comme je vous le disais, votre problème ne vient pas de vos mains. Personne ne peut obliger une rivière à se soumettre : il faut s'abandonner à son courant et s'en servir pour acquérir du pouvoir.

– La contrôler en abandonnant tout contrôle ? dit Strange. Cela n'a aucun sens.

– C'est exact. Vos capacités intellectuelles vous ont conduit à accomplir de grandes choses, mais elles ne vous serviront plus à rien. Abandonnez-vous, Stephen. Faites taire votre amour-propre et vous gagnerez en puissance.

Strange hoche la tête, comme s'il acquiesçait. En réalité, il n'est pas certain d'avoir compris. L'Ancien se redresse, tout de suite imité par Stephen. Au moyen de son double anneau, elle forme un portail dans les airs et en franchit le seuil.

– Suivez-moi, ordonne-t-elle.

Strange obéit.

Où est-il ?

À côté de l'Ancien, au sommet d'une montagne. En contrebas s'étend une vallée.

Au-dessus d'eux, le mont Everest s'élève vers le ciel.

– Quelle beauté ! remarque l'Ancien.

– C'est vrai, confirme Stephen en claquant des dents. Mais l'air est glacial !

– Une personne de bonne constitution peut supporter une telle température pendant trente-deux minutes avant de perdre définitivement ses fonctions vitales, explique la femme. En ce qui vous concerne, vous subirez probablement les effets de l'altitude d'ici deux minutes.

Strange hoche la tête. Puis, sans prévenir, l'Ancien franchit de nouveau le portail. Stephen se jette derrière elle. Trop tard : le passage s'est déjà refermé, et il atterrit dans la neige.

– Non, non, non ! hurle-t-il.

Il n'y a qu'un moyen de quitter la montagne et d'échapper à la mort, il le sait : créer un portail à l'aide de son double anneau.

Il le glisse autour de ses doigts et exécute les gestes qu'il a appris à Kamar-Taj.

Rien.

Il recommence.

Toujours rien.

Pris de panique, Strange agite ses mains de plus en plus vite.

Rien.

Sur la terrasse de Kamar-Taj, Mordo, les sourcils froncés, s'approche de l'Ancien.

– Je me suis peut-être trompé sur le compte de Strange, dit-il avec inquiétude.

– Nous verrons bien, répond la femme. Il ne devrait plus tarder.

Mordo la dévisage d'un air intrigué et réalise soudain où elle a laissé Stephen.

– Vous avez de nouveau tenté cette expérience ? demande-t-il.

Ce n'est pas la première fois que l'Ancien agit ainsi avec un novice. C'est l'une des épreuves qu'elle préfère.

Elle sourit à Mordo.

– Je devrais peut-être… commence-t-il.

Mais l'Ancien fait « non » de la tête : elle ne veut pas que Mordo se serve de son double anneau.

Ils attendent.

Rien.

Puis, au bout d'un moment, quelque chose se passe.

Un portail s'ouvre devant eux, et Stephen Strange en émerge, grelottant et couvert de neige. Il regarde l'Ancien avec colère, sur le point de protester.

Quand, tout à coup, il se rend compte qu'il a réussi.

Ces mains qui ne sont plus les siennes ont accompli un miracle.

Il se sent plein d'espoir.

L'Ancien lui sourit.

Le soir venu, Stephen se retrouve seul dans sa chambre. Debout devant une bassine d'eau, il coupe lentement ses longs cheveux ébouriffés. Il prend ensuite un rasoir électrique et s'en sert pour tailler sa barbe. Ses doigts tremblent, mais il continue.

Dans le miroir, il observe son visage, puis ces mains qui ne sont plus les siennes.

Elles tremblent.

Et pourtant, il a réussi !

Stephen regarde par la fenêtre et ses yeux se posent sur la montre qu'il a laissée sur le rebord. Il la prend de ses doigts tremblants.

Seul le temps nous le dira…

Il se dirige ensuite vers son bureau et allume la tablette tactile. Non sans mal, il se met à composer un e-mail :

Christine, je sais que cela fait longtemps…

Il efface ce qu'il vient d'écrire.

– Comment lui expliquer ? se demande-t-il à haute voix.

Avec la venue de l'automne, il fait plus froid à Kamar-Taj. Encore une fois, Strange se trouve sur la terrasse, où il s'entraîne en compagnie de Mordo. Celui-ci a ôté sa tunique, dévoilant son torse strié de cicatrices. Certaines semblent avoir été infligées par des balles.

Qu'est-il arrivé à Mordo ? s'interroge Stephen. *Qu'est-ce qui l'a poussé à venir ici, dans ce sanctuaire* ?

– Et personne ne connaît le vrai nom de l'Ancien ? questionne-t-il.

– Personne, dit Mordo en laçant ses bottes de cuir.

Stephen porte maintenant des habits rouges – la couleur réservée aux apprentis. Il a tant appris depuis qu'il est à Kamar-Taj.

– Est-elle réellement très âgée ?

Mordo le regarde avant de répondre :

– Me croiriez-vous si je vous disais qu'elle est née d'un sorbier des Hébrides, il y a plus de cinq mille ans ?

Strange fixe Mordo avec incrédulité.

– D'un arbre ? Mais… c'est impossible, bredouille-t-il.

Mordo éclate de rire.

– Je plaisante. En fait, elle a découvert cet endroit il y a dix ans, alors qu'elle randonnait dans les montagnes, et elle n'en est jamais repartie.

– Ah, bon ? s'exclame Stephen.

– Vous prétendez ne pas croire aux contes de fées, mais vous êtes prêt à croire tout ce que je vous raconte ? se moque Mordo. Personne ne connaît ni le nom ni l'âge du Sorcier Suprême. Personne ne sait quand elle a obtenu son titre ni d'où elle vient. J'ai seulement entendu dire qu'elle était l'héritière de traditions celtiques dont elle seule se souvient.

Puis, sans transition, il lance à Strange un bâton qui crépite d'énergie.

– C'est une relique, explique Mordo. Manipuler des énergies dimensionnelles oblige l'esprit à fournir de gros efforts. Mais certains phénomènes magiques sont trop puissants pour que nous puissions les supporter : c'est pourquoi nous transmettons cette magie à des objets comme celui-ci.

En un éclair, il se place face à Stephen et fait apparaître un autre bâton entre ses mains.

– Le Bâton du Tribunal Vivant ! annonce le disciple de l'Ancien en le brandissant.

Les deux hommes commencent à échanger des coups, et leurs armes s'entrechoquent dans une pluie d'étincelles.

Sans cesser de combattre, Mordo continue :

– Parmi les autres reliques, il y a le Sceptre de Watoomb, les Tenailles du Pouvoir, les Hôtes Chenus d'Hoggoth, les Bandes Écarlates de Cyttorak, le…

Strange baisse son bâton et se plie en deux, pris d'un fou rire.

– Que se passe-t-il ? demande Mordo en gardant son sérieux.

– Qui a inventé des noms pareils ? s'esclaffe Stephen.

Mordo le fixe d'un air sévère, avant de hausser les épaules.

– Je l'ignore. Et je ne vous ai pas encore parlé du Brasier de Bom 'Galiath, reprend-il en levant son bâton.

Strange et Mordo s'affrontent de nouveau. Le disciple de l'Ancien est rapide, agile et vigoureux. Mais Stephen, très sûr de lui, prend peu à peu le dessus et repousse brutalement le bâton de son adversaire.

– Elizabeth ! s'écrie-t-il.

– Quoi ? demande Mordo, sans comprendre.

– L'Ancien a une tête à s'appeler Elizabeth ! dit Strange, retrouvant son sens de l'humour.

Il se sent de plus en plus confiant, comme toutes les fois où il se préparait pour une opération chirurgicale délicate.

Cependant, Mordo a l'avantage de l'expérience. Ses bottes se mettent à briller et, sans que Stephen puisse intervenir, l'homme s'élance dans les airs pour bondir au-dessus de lui.

Alors que Strange hésite une seconde de trop, son adversaire en profite pour le frapper en travers du corps et le faire tomber. Puis Mordo brandit encore une fois son bâton. Allongé sur le sol, Stephen voit l'arme descendre vers lui et… s'arrêter à un centimètre de son visage.

– Combattez toujours comme si votre vie en dépendait, conseille Mordo.

À bout de souffle, Stephen hoche la tête. Il sait que Mordo a sûrement raison.

– Et pour revenir à l'Ancien, je trouve plutôt qu'elle ressemble à une Catherine, ajoute le disciple.

CHAPITRE 10

Début

CETTE FOIS, STRANGE SE BAT CONTRE KAECILIUS comme si sa vie en dépendait.

Mordo avait bel et bien raison.

Les deux adversaires échangent des coups de poing et de pied, mais la plupart de ceux que Strange dirige contre Kaecilius manquent leur cible. Le zealot, qui a défini les règles de ce combat, est en train de l'emporter. Stephen aperçoit soudain une hache sur le sol. *Une relique !* devine-t-il. Il s'en approche quand la Cape de Lévitation le tire brusquement vers l'arrière. *Pourquoi l'empêche-t-elle de prendre cette arme ?* se demande-t-il, surpris.

La cape s'immobilise, et Strange découvre alors les reliques qu'*elle* souhaitait qu'il voie. Mordo les a mentionnées. Wong lui en a parlé. Et Stephen a beaucoup lu à leur sujet dans les ouvrages conservés dans la bibliothèque de Kamar-Taj.

Les Bandes Écarlates de Cyttorak.

Strange s'en empare et les jette sur Kaecilius.

Celui-ci essaie de les éviter, en vain : les Bandes s'enroulent autour de lui et le ligotent au sol. Il ne peut plus bouger ni ouvrir la bouche.

– Ces Bandes ont été fabriquées par les forgerons de Babylone il y a trois mille ans, déclare Strange.

Le silence retombe sur le Sanctum Sanctorum. Pour la première fois depuis l'arrivée de Kaecilius, tout est paisible. Stephen contemple son ennemi à terre et, d'un geste de la main, ôte la bande qui le bâillonne.

Aussitôt, Kaecilius se met à entonner un chant que Strange ne comprend pas.

– Arrêtez, ordonne-t-il.

Mais le zealot ne lui prête pas attention.

– Arrêtez ! répète Stephen.

– Vous ne pouvez pas arrêter ça, monsieur Docteur… ricane Kaecilius.

La Cape de Lévitation flotte autour de Strange, qui tourne autour de son ennemi.

– Ça ? Que voulez-vous dire ? Je vous ai pourtant vaincu.

Kaecilius regarde Stephen comme si celui-ci était un enfant naïf.

– C'est la fin et le début, affirme le zealot. La multitude décroît pour devenir l'Unique.

– Si vous continuez à raconter n'importe quoi, je serai contraint de vous bâillonner de nouveau ! réplique Strange en levant la main.

– Dites-moi, monsieur Docteur…

Stephen pousse un long soupir.

– Vous faites erreur : mon nom est *docteur* Stephen Strange.

– Oui, vous êtes un médecin, un scientifique. Vous connaissez les lois de la nature.

Toute chose est vouée à décliner et à mourir. Et, pour finir, notre soleil se consume. Notre univers se refroidit et périt. Mais la Dimension Noire est un lieu situé au-delà du temps.

La Dimension Noire.

Une peur terrible s'empare de l'esprit de Strange. Profondément troublé, tous ses sens en alerte, il a envie de hurler.

Strange porte une tunique et un pantalon bleus, les habits réservés aux disciples de l'Ancien. Un double anneau est accroché à sa ceinture.

Il fait froid en ce jour de décembre. Des gouttes de pluie tombent sur le front de Stephen.

Plic, ploc, plic.

Seul le temps nous le dira…

L'eau glacée.

Mes mains ?

Les bras chargés de livres, Strange traverse la cour, comme il en a l'habitude. Il passe devant le vieil arbre, dont les branches sont maintenant nues ; les fleurs bleues qu'il avait trouvées si belles au printemps ont disparu.

Il se dirige vers le Narthex.

Tout en consultant plusieurs ouvrages posés devant lui, Strange croque une pomme. Le bruit résonne à travers la bibliothèque silencieuse. *Pourvu que personne n'ait entendu*, se dit-il, inquiet, car il n'a surtout pas envie de déranger Wong.

Stephen feuillette *Le Livre de Cagliostro* quand une illustration représentant un œil en forme d'amulette attire son attention. Sous l'image, la légende indique : *L'Œil d'Agamotto.*

Il lève la tête et s'aperçoit que Mordo et Wong sont devant lui, en train de l'observer comme s'il avait commis une grave erreur. Embarrassé, Strange essaie de s'excuser :

– J'ai une mémoire photographique, vous savez. C'est grâce à elle que j'ai réussi tous mes examens quand j'étais étudiant.

Les deux disciples le fixent d'un air incrédule. A-t-il vraiment lu *tous* ces livres ? Et les a-t-il réellement compris ?

– Vous êtes né pour maîtriser les arts mystiques, déclare Mordo d'une voix admirative et envieuse à la fois.

– Pourtant, mes mains continuent de trembler, répond Stephen.

– Oui, pour l'instant, dit Wong.

– Cela va-t-il changer ?

– Comment le saurions-nous ? soupire Mordo. Nous ne sommes pas des prophètes.

– Que sommes-nous, dans ce cas ? l'interroge Strange.

Mordo et Wong échangent un long regard. Puis le second prend la parole :

– Il est prêt.

Soudain, le plafond se met à briller et une carte lumineuse y apparaît. Stephen la contemple, émerveillé.

– Le but véritable de tout sorcier est de protéger le monde des menaces venues des autres dimensions, explique Wong.

Sur le plan, trois villes s'éclairent.

– Kamar-Taj est relié à trois Sanctum Sanctorums : des lieux saints où les méridiens du pouvoir se croisent. C'est le premier Sorcier Suprême, Agamotto, qui a uni ces axes d'énergie.

À ces mots, des lignes se dessinent sur le plan.

– Il a créé la Constante, qui nous protège des forces extradimensionnelles, poursuit Wong.

Ces lignes jaunes représentent les tracés de protection, et les points violets sont les Sanctum Sanctorums.

– Et ce point rouge, à la hauteur de Londres ? demande Strange en pointant le doigt sur la carte.

Soudain alarmés, Wong et Mordo l'examinent.

– Le Sanctum Sanctorum qui s'y trouve est en danger ! s'exclame le second.

Il active un portail qui s'ouvre devant eux.

Une seconde plus tard, un homme paniqué, au visage en sang, le franchit. Strange apprendra plus tard qu'il s'appelle Sol Rama et qu'il est le maître du Sanctum Sanctorum de Londres.

Mais avant que Wong et Mordo puissent lui venir en aide, un éclat d'énergie traverse le portail et transperce la poitrine de Sol Rama.

Il s'écroule sur le plancher du Narthex. S'agenouillant près de lui, Strange lève les yeux vers le portail.

Il voit deux individus vêtus de robes qui exécutent des gestes frénétiques. Les zealots. Ceux dont Wong lui a parlé. Les partisans de Kaecilius.

Wong s'incline à son tour près de Sol Rama, face à Strange. Les muscles bandés, il semble prêt à bondir.

Mordo agite les mains pour faire apparaître une arme avant de s'élancer vers le portail… quand une explosion retentit.

La bibliothèque tremble sur ses fondations et Strange est projeté vers l'arrière.

À travers un portail.

Il atterrit dans une pièce aux murs de pierre qu'il ne reconnaît pas. Ses oreilles bourdonnent et il a mal dans tout le corps. Il est habitué à souffrir. Il se relève, les jambes flageolantes.

La tête lui tourne. Il inspire et expire à plusieurs reprises.

Il parcourt les lieux du regard et voit un portail… Mais celui-ci est fermé. C'est le portail qui mène à Kamar-Taj.

– Il y a quelqu'un ? appelle-t-il.

Aucune réponse.

Strange est désormais seul, abandonné dans ce lieu inconnu, loin de Wong, de Mordo et de l'Ancien.

Et les ennemis de Kamar-Taj ont lancé l'assaut.

Mais où est-il, exactement ?

Il remarque alors une porte, dont il franchit le seuil.

Il se retrouve dans le vaste vestibule d'une maison. Il se dirige vers la porte d'entrée et l'ouvre.

Strange prend une profonde inspiration et regarde autour de lui : pas d'erreur, il est bel et bien dans le quartier de Greenwich Village, à New York, la ville qui ne dort jamais. Et, plus exactement, dans Bleecker Street, dont il reconnaît sans mal les cafés et les immeubles de pierre rouge, car il a déjà vécu ici.

Comment suis-je arrivé ici ? se demande Stephen Strange.

Début

PAPIER À BASE DE
FIBRES CERTIFIÉES

hachette s'engage pour l'environnement en réduisant l'empreinte carbone de ses livres. Celle de cet exemplaire est de :
500g éq. CO_2
Rendez-vous sur www.hachette-durable.fr

Photogravure Nord Compo - Villeneuve-d'Ascq

Imprimé en Roumanie par G. Canale & C. S.A.
Dépôt légal : octobre 2016
Achevé d'imprimer : septembre 2016
25.4459.0/01 – ISBN 978-2-01-180107-4
Loi n° 49956 du 16 juillet 1949
sur les publications destinées à la jeunesse

Iron Man

Iron Man 2

Iron Man 3

The Avengers

The Avengers 2

Captain America

Captain America 2

Captain America
Civil War

TABLE